I0682779

ÉLOGE

HISTORIQUE ET CRITIQUE

D'AUGIER FERRIER,

MÉDECIN TOULOUSAIN

(1513-1588),

Lu dans la Séance publique de la Société de Médecine,
Chirurgie et Pharmacie de Toulouse,

Le 9 Mai 1847;

Par M. A. DASSIER,

PRÉSIDENT DE LA SOCIÉTÉ,

Médecin de l'Hôtel-Dieu de Toulouse, Professeur titulaire de Matière médicale
et de Thérapeutique à l'Ecole préparatoire de la même ville,
Membre du Comité de vaccine, du Conseil de salubrité,
etc., etc., Chevalier de la Légion d'honneur.

TOULOUSE,

IMPRIMERIE DE JEAN-MATTHIEU DOULADOURE,

RUE SAINT-ROME, 41.

—

1847.

T
267

T 7
267

ÉLOGE

HISTORIQUE ET CRITIQUE

D'AUGIER FERRIER,

MÉDECIN TOULOUSAIN

(1513-1588),

Lu dans la Séance publique de la Société de Médecine,
Chirurgie et Pharmacie de Toulouse,

Le 9 Mai 1847;

Par M. A. DASSIER,

PRÉSIDENT DE LA SOCIÉTÉ,

Médecin de l'Hôtel-Dieu de Toulouse, Professeur titulaire de Matière médicale
et de Thérapeutique à l'Ecole préparatoire de la même ville,
Membre du Comité de vaccine, du Conseil de salubrité,
etc., etc., Chevalier de la Légion d'honneur.

TOULOUSE,

IMPRIMERIE DE JEAN-MATTHIEU DOULADOURE,

RUE SAINT-ROME, 41.

—

1847.

ÉLOGE

D'AUGIER FERRIER,

MÉDECIN TOULOUSAIN.

Messieurs,

Lorsqu'on a l'honneur de porter la parole au nom
de la Société de Médecine de Toulouse, l'on doit crain-
dre de rester au-dessous de sa tâche; c'est le sentiment
que j'éprouve en ce moment, et, pour me le faire sur-
monter, il ne faut rien moins que mon grand respect
pour les usages de la Compagnie et le fonds que je fais
sur votre inépuisable indulgence.

J'ai longtemps hésité dans le choix de mon sujet; je
n'ignorais pas quelles conditions il fallait remplir pour
mériter d'être écouté; j'avais bien devant moi des mo-
dèles; mais, vous le confesserai-je, Messieurs? désespé-
rant de pouvoir les égaler, j'ai quitté résolument la
route que mes honorables prédécesseurs avaient rendue
trop difficile.

Ayant à parler dans un lieu, en quelque sorte, con-
sacré aux Sciences et aux Belles-Lettres, m'adressant à
un auditoire auquel les traditions glorieuses doivent
être chères, j'essayerai d'esquisser la vie d'un de nos
plus illustres devanciers. Cet homme que nos aïeux

reconnaissants placèrent dans le panthéon de la cité, et que notre antique Faculté regardait comme une de ses colonnes, cet homme qui tout à la fois médecin, philosophe, politique, courtisan, astrologue et poëte fut toujours au premier rang, c'était *Augier Ferrier, le médecin Tholosain.*

Dans ce siècle, surnommé à si juste titre le siècle de la *Renaissance,* où les Lettres et les Sciences brillèrent d'un si vif éclat, où la Médecine surtout eut de si grands interprètes, Ferrier se fit remarquer par la variété de son érudition, l'étendue de son savoir, la solidité de son jugement, l'excellence de ses doctrines, le succès de sa pratique, l'abondance et la pureté de sa parole.

Au milieu d'une cour, la plus polie et la plus galante de l'Europe, il mérita d'être cité pour la finesse de son esprit et pour l'élégance de ses manières.

Dans une société divisée par les guerres civiles et les dissensions religieuses, il sut éviter les déportements de son époque et rester fidèle à tous ses amis.

Sorti d'une condition modeste et placé par un concours heureux de circonstances auprès d'une reine puissante dont il eut bientôt toute la confiance, initié aux secrets de l'état, chargé de missions délicates, comblé d'éloges et de faveurs, il s'arrêta tout à coup dans sa course prospère, et tandis que chacun s'inclinait encore devant sa fortune, il quitta tout pour la retraite, joignant ainsi aux qualités de l'homme du monde, au renom de grand médecin et de savant de premier ordre, la réputation d'un philosophe digne du Portique.

Pendant une longue vie partagée désormais entre la pratique et l'enseignement de la Médecine, la culture

des Sciences et le commerce des Muses, ce beau caractère ne se démentit jamais. Ferrier eut le privilége
insigne d'être placé par ses contemporains au rang des
hommes qui honoraient leur siècle; ce n'est donc pas
afin de le venger d'une injustice ou d'un oubli que
je l'évoque pour un instant, mais pour rechercher, s'il
est possible, en l'étudiant davantage, quelle fut son influence sur les destinées de la Médecine Toulousaine, et
pour corriger quelques erreurs dont les biographes se
sont rendus coupables en son endroit. Puisse le pieux
hommage que je veux lui rendre, être digne de lui et
mériter votre approbation !

AUGIER FERRIER [1] * naquit à Toulouse en 1513. Son
père, chirurgien de profession, s'était acquis une grande
réputation dans la pratique de son art : également instruit dans toutes les parties de la Médecine, il était,
dit-on, aussi habile à soigner les maladies internes qu'à
panser les plaies et à manier les instruments.

Ferrier ne pouvait manquer d'être entraîné par l'exem-
ple d'un tel père. Né avec une vive imagination et en
même temps avec une grande aptitude à concevoir les
choses les plus abstraites, tout ce qu'il entendait, tout
ce qu'il voyait autour de lui devait l'impressionner et
lui donner matière à réflexion. C'est ainsi qu'il se trouva

---

* Voir les Notes, à la fin de ce Discours.

La Notice que je publie aujourd'hui doit faire partie de l'*Histoire de la Médecine Toulousaine* pour laquelle j'ai recueilli déjà
des matériaux précieux. Je dois de grands remercîments à M. de
Laburthe, bibliothécaire, et à MM. Pons et d'Auriol, sous-biblio-
thécaires de la bibliothèque du *Collége royal*, pour l'affectueuse
obligeance avec laquelle ils m'ont aidé dans mes recherches.

initié, dès ses jeunes ans, aux secrets d'une science dont chaque jour il entendait parler familièrement le langage et voyait mettre les préceptes en pratique. Aussi, dès qu'il eut appris le grec, le latin et la philosophie, s'adonna-t-il avec ardeur à l'étude de la Médecine, vers laquelle il était attiré par une irrésistible vocation. Les progrès qu'il y fit furent si rapides, qu'à peine adolescent il était déjà consulté par de nombreux malades, et que la sagesse de ses conseils était vantée tout haut. Mais ce n'était pas assez pour Ferrier de cette réputation célébrée par la voix du peuple, il avait la noble ambition de prendre rang parmi les hommes doctes de son époque, et de reculer les bornes de la science qu'il cultivait déjà avec tant de succès. Son esprit juste lui avait fait pressentir toutes les ressources qu'un Médecin peut trouver dans l'étude des mathématiques ; il s'y appliqua avec tant de persévérance et de bonheur, qu'au dire de Scévole de Sainte-Marthe, son premier historien, il s'y rendit par la suite « plus habile et plus profond que pas un autre de son siècle. »

Ferrier, qui se glorifia toujours d'appartenir à Toulouse, ne voulut pas cependant y prendre son grade de Docteur; ce n'était pas sans motif. Le mouvement de régénération dans lequel la science était entrée ramenait les bons esprits vers les sources pures de la Médecine grecque, tandis que la Faculté de Toulouse restait enveloppée dans les langes de l'Arabisme, tandis que ses professeurs, ils étaient deux, continuaient à expliquer à leurs rares élèves les commentaires d'Avicenne et d'Averroès. Ferrier alla à Montpellier [2] où l'attirait la grande renommée de Jean Schyron, et, après avoir suivi pendant quelque temps ses leçons, il prit ses degrés sous la présidence de cet illustre maître. C'était en 1540; il avait alors vingt-sept ans.

L'on a dit, et c'est une erreur grossière, qu'après son doctorat Ferrier se rendit à Paris, où, par la protection puissante d'un de ses compatriotes, il parvint à gagner les bonnes grâces de la reine Catherine qui le prit pour son médecin et son astrologue. Un simple rapprochement de dates suffit pour détruire cette assertion[3]. Dix ans plus tard elle eût pu être vraie; au moment où nous sommes, Ferrier ne faisait que préluder à sa haute fortune; il amassait dans le silence et la méditation ces trésors d'érudition qu'il devait répandre dans ses écrits; il puisait dans la culture des lettres grecques et latines cette correction de style et ce parfum d'atticisme dont il devait les orner. Il travaillait enfin à pénétrer la doctrine mystérieuse des nombres et des influences célestes, soit qu'il y crût comme tant d'autres grands hommes, soit qu'il agît par une sorte de complaisance pour son siècle, peut-être même par intérêt personnel, sachant bien qu'il est dans certains temps des chimères consacrées auxquelles il est dangereux de ne point sacrifier.

En 1543, Ferrier était de retour à Toulouse et s'occupait, il nous l'apprend lui-même, à faire préparer *une mixtion de laquelle la vertu préservative fut trouvée miraculeuse* par un grand nombre d'habitants de cette ville, qui, cette année-là, était ravagée par la peste[4].

Or, ce terrible fléau venu de l'Orient, qui plusieurs fois déjà avait visité nos contrées désolées depuis le commencement du siècle, y régnait depuis trois ou quatre ans, lorsque Ferrier, en 1548, publia son premier livre[5]. Le sujet en était bien choisi, et le titre mieux encore. Il était intitulé : *Les Remèdes préservatifs et curatifs de Peste*. L'auteur n'ignorait pas, sans doute, que le premier pas dans la carrière est le plus difficile et celui d'où dépend quelquefois la fortune et la considération dont on jouit plus tard dans le monde. Il profita donc d'une occasion favorable, et comme il faisait peu de cas de la science de ses confrères et de leur approbation, il s'adressa directement au public dont il ambitionnait les suffrages. Avant tout, son livre était fait pour Toulouse; ce n'était point un traité sur la peste destiné aux Médecins, c'était plutôt une instruction utile aux Gens du monde vivant dans un pays contaminé par la contagion. Cet opuscule, dont tant d'auteurs ont parlé de confiance, eut beaucoup de succès; il ne laisse pas que d'offrir encore quelque intérêt; il est court, substantiel, bien divisé, très-correctement écrit pour une époque où les lois de la langue française n'étaient pas toutes formulées.

« Quand vous verrez ou orrez dire aux experts » (écrit-il au chapitre des *signes des pestiférés*) que les » malades ont une grande seicheresse de langue avec » excessive ardeur dans le corps, et grande difficulté de » respirer, l'haleine chaude et puante, les excréments » puants, faiblesse et tremeur de cœur, douleurs de » reins, pesanteur de tête, regard furieux et un sot » sommeil avec rêverie et appétit de dormir..... et si » quelque enflure ou douleur se démontre au derrière » des aureilles, au col, aux aisselles, aux aysnes, ou si » quelque forme de carboncle se manifeste, ou si l'on » voit quelques taches par le corps, etc....., alors vous » pourrez croire seurement qu'ils ont la peste. »

A ce portrait original de la peste de Toulouse en 1548, ne croirait-on pas, Messieurs, reconnaître le pinceau de Thucydide, retraçant la fameuse peste d'Athènes ? ne dirait-on pas un tableau de la peste d'Egypte telle qu'on l'observe encore de nos jours ? Ce sont les mêmes symptômes, la même marche, la même terminaison funeste! Le plus souverain remède que l'on sache contre la peste, dit Ferrier, « c'est de se retirer bientôt de lieu infect, de s'en aller loin et de revenir tard [6]. » C'était aussi l'opinion des anciens : n'est-ce pas celle des modernes ?

En même temps que Ferrier publiait ses Remèdes préservatifs et curatifs de peste, il mettait la dernière main à un autre ouvrage qui fut pour lui une source de biens de maux. Je veux parler de son traité *des Jugements astronomiques sur les Nativités* [7], imprimé pour la première fois à Lyon en 1549, et dédié à très-illustre et très-vertueuse princesse Madame Catharine Royne de France.

On s'étonnerait, Messieurs, de la faveur qui accueillit ce livre gros de promesses mais bien futile en réalité, si l'histoire n'était pas là pour nous dire quelle fut l'influence de l'astrologie sur les choses et les hommes de ce siècle si éclairé, si grand d'ailleurs à tant de titres. L'on sait quelles furent la terreur et la désolation de tous les peuples de l'Europe, lorsque le fameux mathématicien Jean Stœffler eut prédit un nouveau déluge pour le mois de février de l'année 1524; l'on sait par quel artifice le Pape Paul III décida le Concile de Trente à quitter les terres de l'Empereur Charles-Quint pour venir tenir ses dernières sessions à Bologne.

Ferrier avait à la Cour des amis puissants et dévoués, entre autres Jean Bertrandi de Toulouse, alors président au parlement de Paris et depuis Garde-des-Sceaux et Cardinal; ils le représentèrent à la Reine comme possédant à fond tous les secrets de la science qu'il venait de résumer en quelques pages; Catherine accepta la dédicace du livre et voulut voir son auteur. Ferrier fut mandé à Paris et reçu avec distinction. Il devint bientôt le médecin de sa royale protectrice, dont la passion dominante était, on le sait, de s'instruire dans la pratique de la cabale et de l'art des horoscopes. Catherine croyait à la puissance des charmes, à la valeur de certains nombres, à l'influence des astres; mais Ferrier, Ferrier croyait-il lui-même à sa propre science? Avait-il foi à ses propres pronostics? Estimait-il beaucoup son œuvre? « Je m'es- » bahis, disait-il trente ans plus tard, dans la réponse à » Bodin qui l'avait attaqué précisément à cause des ju- » gements astronomiques; je m'esbahis comment vous » avez choisi pour me reprendre un livre de ma tendre » et curieuse jeunesse, qui ne mérite pas ce bruit. Je » vous puis bien asseurer que depuis la première impres- » sion, je n'ai rien leu audit livre jusques à présent que » vous m'avez donné occasion d'y regarder; la matière » en est plus curieuse que nécessaire quant à la judi- » ciaire, je confesserai toujours cela. » L'aveu est précis, Messieurs, et ne comporte point de commentaire. Ferrier n'avait pas sacrifié en aveugle à l'idole de son temps.

Ferrier fut bientôt à la hauteur de sa nouvelle position; car il avait tout ce qu'il faut pour réussir dans le monde, une noble figure, de belles manières, une exquise politesse, une mémoire ornée, beaucoup d'imagination, beaucoup d'esprit, une élocution brillante, plus de tête que de cœur, et par dessus tous ces avantages, l'estime et la confiance de sa souveraine; mais il ne fut ni ébloui par l'éclat de la cour, ni amolli par les séductions dont il était entouré. Toujours maître de lui-même, il ne se laissa jamais prendre dans les intrigues qui s'ourdissaient autour de lui; occupé en apparence à tirer des horoscopes pour la Reine ou pour ses familiers, il devenait le dépositaire obligé de leurs secrets, de leurs désirs comme de leurs espérances. C'est ainsi qu'il s'instruisait dans les affaires de l'état et qu'il prépara peut-être l'élévation de son protecteur Bertrandi à la charge éminente de grand Chancelier de France. Lié désormais à la fortune de ce magistrat, devenu son confident et son conseil, il vit s'accroître son crédit de toute l'importance du premier Ministre. Aucune voix, Messieurs ne s'est élevée pour accuser Ferrier d'avoir pris sa part des dilapidations qui déshonorèrent le règne d'Henri II, et le silence des chroniqueurs d'alors est un témoignage éclatant pour son austère probité.

L'on a dit, mais je ne sais sur quels renseignements on se fonde, que Ferrier avait, à la prière de Catherine de Médicis, composé *la Nativité* du Roi son époux, et qu'il lui avait prédit une mort violente en combat singulier. Brantôme qui parle au long de cet horoscope ne nomme point Ferrier; de Thou, qui le rapporte aussi, l'attribue à Lucas Gauric; ainsi donc il est permis de douter que Ferrier soit le devin qui prophétisa *si au vray* et *si mal*, en cette terrible circonstance; seulement il composa pour son auguste seigneur et maître une épitaphe latine qui a mérité d'être conservée.

Cependant ce rôle de courtisan, cette vie d'intrigues et de ruses n'étaient plus du goût de Ferrier; l'âge mûr arrivait pour lui; d'ailleurs le ciel s'assombrissait de tout côté; les orages grondaient à l'horizon et les passions politiques et religieuses déchaînées menaçaient d'ébranler le trône où venait de s'asseoir le faible François II. Ferrier voulut descendre des hautes sphères où il s'était élevé avant que la jalousie ou l'ingratitude n'eussent tenté de l'en précipiter. Il profita du voyage que Bertrandi allait faire à Rome pour rompre les liens qui le retenaient encore à la cour ; sa grande réputation l'avait précédé en Italie ; il y fut reçu, dit Sainte-Marthe, « avec de grands honneurs et de grands applaudissements ; » après quoi, ajoute cet historien, « il s'en retourna dans son pays tout comblé de gloire. » Ce pays, Messieurs, c'était cette bonne Toulouse qu'il n'avait jamais oubliée, et dans le sein de laquelle il venait se reposer avec toute la joie d'un fils qui va retrouver sa mère.

Ainsi Ferrier s'éloignait volontairement de la scène sur laquelle venaient de s'écouler d'une manière si brillante dix de ses plus belles années ; et, chose bien digne de remarque, au milieu de ses préoccupations officielles et des exigences de sa position, il avait toujours trouvé le moment de visiter des malades, de converser ou de correspondre avec les médecins, avec les philosophes et les hommes experts dans les sciences ; enfin de composer ou de polir ces doctes traités qui lui firent tant d'honneur parmi les savants. Ferrier possédait au plus haut degré ce privilége réservé aux intelligences d'élite, de pouvoir s'appliquer en même temps, sans confusion et sans embarras, aux travaux les plus disparates. De 1550 à 1560 il avait successivement publié un traité *des Songes*[8] ; un livre sur les *Jours critiques*[9] ; des commentaires sur la maladie alors nommée la *Maladie Espagnole*[10] ; un traité sur la *véritable Méthode* de traiter les maladies[11] ; des critiques sur *la Pratique de la Médecine ;* plusieurs dissertations scientifiques[12] ; plusieurs pièces de poésie latine[13]. Ces productions diverses, empreintes toutes d'un véritable mérite et reproduites vingt fois à Paris, à Toulouse, à Lyon, à la Haye, à Genève, etc., répandirent partout le nom et la réputation de Ferrier; les malades recouraient en foule à ses conseils, les hommes graves recommandaient la lecture de ses ouvrages, les poëtes les célébraient par des épigrammes et des distiques où la louange est souvent poussée jusqu'à l'hyperbole. Pour tout dire en deux mots : au sentiment de ses contemporains, Ferrier était un grand médecin.

L'opinion publique n'est pas toujours juste dans ses jugements, je le sais ; mais j'estime qu'elle ne peut être que l'expression de la vérité quand elle se fait au grand jour et en faveur d'un homme exerçant dans la société une profession d'application comme la médecine. Elle trouva Ferrier digne d'être placé à côté des hommes les plus éminents de son siècle. Personne ne peut aujourd'hui attaquer cette sentence souveraine.

Sans doute, Messieurs, les œuvres de Ferrier ont beaucoup perdu de l'intérêt qu'elles offraient il y a trois siècles ; mais elles sont dignes encore d'être consultées ; chacun de ses traités est un résumé complet de l'état de la science au moment où il a été composé, et à ce titre contient des documents précieux pour l'histoire de notre art.

Le traité *de Somniis* est un morceau de philosophie médicale telle qu'elle pouvait être alors : un mélange d'opinions païennes unies aux doctrines régnantes de l'Eglise, que l'auteur coordonne avec soin pour en faire sortir une nouvelle branche de *la séméiotique* qui ait ses règles et ses applications bien déterminées comme toutes les autres parties de la médecine. Les songes *naturels* méritent toute l'attention du médecin; car ils peuvent lui faire connaître la santé, ou la maladie, ou la constitution cachée de notre corps; ils résultent d'un travail de l'âme pour un moment dégagée de ses entraves. Les songes *divins* ou *prophétiques* viennent de Dieu ou des bons anges et méritent tous nos respects. C'est par cette voie que les volontés du ciel se sont souvent manifestées aux hommes. Enfin il en est un troisième ordre, les songes *envoyés par les mauvais démons* contre lesquels il faut se tenir en garde, parce que, sous les apparences du bien, ils nous conduisent au mal. Telle est en résumé la substance de ce livre, où sont cités à chaque page les sages de la Grèce et les prophètes de la Bible à côté d'Hippocrate et de Galien qui avaient écrit eux aussi sur cette matière.

Le livre *de Diebus decretoriis* consiste dans l'exposition d'une théorie nouvelle des mouvements critiques qui surviennent dans le cours des maladies aiguës, déduite de la doctrine de Pythagore sur le pouvoir et la vertu des nombres; des applications qu'Hippocrate ou son école en firent à la science du pronostic; des opinions spéculatives de Galien et de ses sectateurs sur l'influence des astres; enfin, de toutes les rêveries de l'Astrologie. Ferrier était-il plus près de la vérité que ses devanciers? Cette question dut soulever de graves discussions dans le milieu du seizième siècle; aujourd'hui elle serait oiseuse. Ce livre est comme un appendice des *jugements astronomiques* dont la *matière*, on s'en souvient, était plus *curieuse* que *nécessaire*. Il prouve une fois de plus que dans l'esprit le plus sage se trouve toujours un brin de folie.

Le traité *de Pudendagrâ*, dépouillé de toute vaine érudition, composé surtout au point de vue pratique, est une dissertation savante, ingénieuse, riche d'aperçus nouveaux et utiles sur cette terrible maladie que Christophe Colomb rapporta de Saint-Domingue ; le mal *Espagnol* y est dépeint avec les affreux symptômes qui lui font ordinairement cortége. Rien ne manque au tableau, ni les accidents primitifs, ni les accidents secondaires. Le traitement est parfaitement indiqué suivant les phases de la maladie et sa gravité, suivant l'âge, la constitution et la position des malades. L'auteur recommande tour à tour comme ayant retiré de grands avantages de leur emploi méthodique, le régime, la saignée, les purgations, les bains, les onctions, les préparations de cinabre, les bois sudorifiques exotiques ou indigènes, des toniques amers pour consolider la guérison. Ce traité fit le plus grand honneur à Ferrier, il fut accepté comme classique dans les écoles, et fut traduit en français en faveur des Chirurgiens et des Barbiers. Jules Scaliger allait jusqu'à dire, que « ces commentai- » res étaient si parfaits qu'ils ôteraient dans l'avenir à » tout médecin la fantaisie d'écrire sur cette matière [1]. »

Le *Vera medendi Methodus* est un travail de longue haleine, regardé généralement comme l'œuvre capitale de Ferrier. Ce n'est point une conception originale, mais une paraphrase savante du livre de la *Méthode* de Galien, faite par un homme profondément imbu de la lecture des anciens et assez riche de sa propre expérience pour pouvoir juger leurs doctrines avec autorité.

L'idée de l'ouvrage est fort simple : une maladie étant connue, rechercher les indications curatives qui doivent déterminer le choix des moyens de guérison. La division en deux parties était dès lors toute naturelle ; dans la première, après avoir parlé de *l'office du médecin* et de ce qui doit caractériser la *bonne méthode*,

Ferrier traite avec beaucoup d'habileté, et en dix-huit chapitres, des diverses *indications curatives*; dans la seconde, se trouvent énumérées avec le même talent, les *intentions*, c'est-à-dire les différents moyens qu'on peut se proposer de mettre en usage pour obtenir un *résultat curatif.*

Une pareille composition, Messieurs, se refuse à l'analyse; pour l'apprécier à sa juste valeur, il faut s'initier d'abord au langage de l'école et aux doctrines qu'on y enseignait, et puis la méditer avec beaucoup d'attention. On ne saurait en abrégé en donner la substance. Tout ce que l'on peut dire quand on l'a bien comprise, c'est que l'ordonnance en est parfaite jusque dans ses plus petites divisions, que le style en est clair et élégant, que les principes y sont nettement formulés, les preuves bien administrées, les citations bien choisies, les conséquences bien déduites et la conclusion irréprochable; ce livre, en outre des excellents préceptes qu'il renferme, et qui seront toujours d'application, nous fait connaître quels étaient les principes et les tendances de Ferrier; en général, il ne manifeste son sentiment particulier que dans les cas douteux, et où il faut rompre un partage entre des autorités égales; il est *dogmatique*, plaçant le raisonnement avant l'expérience, et ne faisant cas de celle-ci que lorsqu'elle s'éclaire et se dirige par la théorie. Il adopte presque toujours les opinions de Galien, sur lequel il se modèle, mais dans son esprit plutôt que dans sa lettre; il se déclare franchement pour la doctrine des contraires et pour l'emploi modéré des remèdes, quoiqu'il étale une grande richesse de médicaments en traitant *des intentions curatives.* Un chapitre seul semble de prime abord faire tache au milieu des autres;

celui où Ferrier parle de *la médication homérique*, et
où il s'étend avec une sorte de complaisance sur l'usage
en médecine, des amulettes de caractères, des vers, etc.
Mais n'a-t-il pas eu le soin de faire ses réserves, et en
indiquant les stratagèmes à l'aide desquels on guérit
certains maniaques, n'a-t-il pas suffisamment donné à
comprendre que, pour un médecin sensé, l'emploi des
remèdes mystérieux n'est qu'un moyen d'agir sur l'imagination des malades ? Et toutes ces pratiques qui
aujourd'hui nous font sourire de pitié pour nos crédules
aïeux ne sont-elles pas après tout virtuellement renfer-
mées dans cet aphorisme, qui n'est moderne que par
la forme : Agissez sur le moral de vos malades en même
temps que vos médicaments agiront sur leurs organes?

Ferrier n'aimait point les empiriques *polyphar-*
maques, comme il les appelle; il en parle avec une
sorte de colère, et ne laisse jamais passer une occasion
de les poursuivre de sa mordante ironie; c'est particu-
lièrement dans ses *Castigationes* qu'il leur fait une rude
guerre. « J'admire, s'écrie-t-il dans un langage que je
» traduis pour en adoucir l'expression, j'admire l'ef-
» fronterie de ces *Maîtres* ne parlant sans cesse que d'obs-
» tructions du foie ou de la rate; palpant quelquefois
» d'une main lascive les hypochondres de leurs malades
» pour la plus petite fièvre; prescrivant toujours leurs
» affreux apozèmes, et leurs remèdes puants, et leurs
» potions purgatives; appliquant des épithèmes réfrigé-
» rants sur l'estomac, des cérats et des onguents sur le
» foie et sur les reins, des liniments sur la poitrine,
» des emplâtres sur le ventre, et sur le front et sur la
» tête un véritable casque de pétales de rose mouillés
» avec du vinaigre, afin que le malade, qui ne peut se

» bouger sous le poids d'une pareille armure, soit bien
» préparé contre l'ennemi qui vient l'attaquer; et tout
» cet appareil, grand Dieu! pour une maladie qu'Hippo-
» crate et Galien recommandent de traiter avec une
» tisane douce..... Je ne connais pas de plus sots person-
» nages si ce n'est ceux qui les emploient, et qui, après la
» mort du malade, se consolent en répétant que le
» Médecin a bien rempli son devoir, et qu'aucun re-
» mède n'a été épargné. »

Toutefois ces sorties virulentes contre les médicastres
qui déshonoraient la Médecine ne sont que des épisodes
placés à propos dans le traité *des Critiques;* le but
principal de l'ouvrage est de fixer certains points de
thérapeutique en litige à propos des purgatifs et de la
saignée; à propos des vertus de quelques médicaments
simples ou composés. Les questions controversées seraient
aujourd'hui d'un faible intérêt, alors elles avaient de
l'importance, et Ferrier met à les résoudre tout le soin,
toute la conscience d'un honnête homme, d'un natura-
liste instruit, d'un clinicien consommé.

J'ai crainte, Messieurs, d'avoir fatigué votre attention; mais voulant vous faire connaître tout le mérite de
Ferrier, je ne pouvais négliger de vous le représenter
sous toutes ses faces.

En revenant à Toulouse avec cette immense considération qu'il s'était acquise dans le monde, avec cette réputation de science que lui avaient faite les succès de
sa pratique et la vogue méritée de ses livres, Ferrier
devait y prendre la première place parmi ceux de sa
profession et un rang distingué dans la haute société; il
fut accueilli comme il le méritait; partout il fut entouré
d'hommages et de respect.

Le rôle du praticien offre peu de péripéties; vous le savez, Messieurs, chaque jour amène même souci, même labeur, aussi avons-nous peu de détails sur la vie nouvelle de Ferrier. Lancé par position au milieu d'une société profondément divisée par les haines politiques et religieuses, il sut se faire respecter de tous les partis, et son nom ne fut jamais prononcé dans ces querelles terribles qui, plusieurs fois dans quelques années, ensanglantèrent notre malheureuse cité. Ce fait prouve autant en faveur de sa prudence et de sa circonspection, que de la modération de ses principes [15].

Aussi ses jours s'écoulaient-ils tranquilles au milieu des orages, lorsqu'un livre publié par Jean Bodin [16] vint en troubler pour jamais la sérénité. Bodin, en dissertant, dans son magnifique traité de *la République,* sur la valeur des horoscopes, avait attaqué en passant la science astronomique et non pas astrologique de Ferrier, ce qui est bien différent. « Ce savant iatro-mathématicien, avait-il dit, a mis par oubliance, dans son livre des Jugements astronomiques, *Vénus* et *Mercure opposites, et l'un et l'autre au soleil, chose incompatible par nature.* » Nous avons déjà vu que Ferrier faisait peu de cas lui-même de *la judiciaire.* « Mais, quant à ses fondements tirés de la *théorique,* ils méritaient bien, disait-il, d'être conservés et défendus. » Il y a en effet, Messieurs, deux parties bien distinctes dans l'astrologie et qu'il ne faut pas confondre; l'une s'occupant de la connaissance des astres et de la détermination des lois qui les régissent, qui repose sur des bases certaines, c'est l'astronomie; l'autre, traitant des inductions qu'on prétendait tirer de leurs rapports avec notre planète, et de leur influence sur les êtres qui vivent à la surface de la terre, la judiciaire ou astrologie pure, science vaine qui s'appuyait sur des données chimériques. Ferrier en publiant, en 1580, *son avertissement à Bodin sur le quatrième livre de sa République* [17], avait donc un motif plausible, le redressement d'une assertion qui portait atteinte à sa réputation de mathématicien; mais il en avait un autre bien plus puissant et qu'il taisait, c'était de faire ressortir tous les défauts d'un ouvrage dont le succès ruinait ses plus chères espérances, car lui aussi préparait *une République,* vaste encyclopédie où il devait verser tous les trésors de sa science et de ses méditations, œuvre de prédilection qui devait résumer toutes ses autres productions et sur laquelle il fondait ses titres à la gloire!

On n'a pas dit vrai sur le caractère de la lutte qui s'établit à cette occasion entre ces deux hommes éminents; c'étaient deux rudes athlètes, mais ni l'un ni l'autre ne mit de la violence ou de l'aigreur dans la dispute; les formes en restèrent toujours courtoises. Ferrier en sortit vainqueur, et pourtant mortellement blessé. Il ne lui fut pas difficile de se disculper de *l'oubliance* qu'on lui avait maladroitement reprochée; mais, malgré ses récriminations, la plupart fondées, la *République* de Bodin fut reçue d'enthousiasme dans presque toutes les écoles de l'Europe. Avec quel serrement de cœur il dut renoncer à la publication de la sienne!

Ferrier languissait sous le poids de son chagrin, lorsque, le 24 septembre 1581, il fut nommé, *sans concours,* à cause de *son mérite,* et d'après le *désir exprimé* du Parlement, Professeur royal à la Faculté de Médecine de Toulouse. Cette dérogation aux usages de l'Université, cette exception honorable étaient une

consolation à des peines bien vives, et la digne récom-
pense d'une vie glorieusement remplie. Le noble vieil-
lard sentit renaître ses forces avec son courage, et,
pendant sept années, il s'acquitta des devoirs de sa charge
avec toute l'ardeur de la jeunesse. On se pressait à ses
leçons, et le professeur, heureux de l'empressement de
ses élèves, semblait avoir hâte de leur dispenser toutes
ses richesses; il ne se séparait d'eux qu'à regret, tant
il avait encore des secrets à leur apprendre. Est-il, en
effet, de triomphe plus doux que celui de communiquer
la science à une multitude d'élèves attentifs et recueillis,
de rectifier leur jugement, de leur assigner des règles,
d'agiter leur âme par l'attrait des souvenirs antiques,
et de régner à chaque instant sur eux par la surprise et
par l'admiration!

Mais son corps s'épuisait, tandis que toutes les forces
de son intelligence et de son cœur semblaient augmenter
de puissance par ces ineffables émotions; il mourut
d'une inflammation d'entrailles au mois de décembre
1588, dans la soixante-quinzième année de son âge [18].

Sa mort fut un jour de deuil public pour la cité. Ses
disciples couvrirent son cercueil de palmes et de cou-
ronnes; les Muses firent entendre des plaintes funèbres,
et, comme pour préparer son apothéose, la Faculté,
dont il avait été le plus bel ornement, fit placer son
image [19] dans le sanctuaire où elle prenait ses décisions.

Sans doute, Messieurs, vous ne redoutez pas que par
un excès de zèle tout méridional j'aille jusqu'à placer
Ferrier au niveau des princes de la science qui immor-
talisèrent leur nom avec leur siècle. Malheur au pané-
gyriste qui manque à la vérité! Non, vous dirai-je,
Ferrier n'était pas aussi lumineux que Fernel, ni aussi

éloquent que Houllier, ni aussi profond que Duret, ni aussi pénétrant que Jacques Sylvius; mais il se rapprochait de ses illustres contemporains par des qualités brillantes et solides qui le distingueront toujours au milieu de cette quantité prodigieuse de talents et de lumières qui concoururent à la réformation des lettres et des arts dans le XVI.ᵉ siècle. Chacun avait son rôle providentiel dans ce magnifique mouvement de rénovation; les uns inventaient ou découvraient, les autres étendaient ou perfectionnaient par la pratique et par l'étude rétrospective des anciens. Je rangerais volontiers Ferrier parmi ces derniers : s'il aimait à rétrograder dans le passé, c'était pour y trouver des sources abondantes d'instruction malheureusement trop oubliées; il pensait que le meilleur moyen de contrôler les théories c'était de les apprécier au lit des malades. Il n'acceptait les faits nouveaux qu'après les avoir soumis par lui-même au creuset de l'expérience. Il fut le premier, à Toulouse, qui secoua le joug des Arabes pour revenir aux pures doctrines d'Hippocrate. Il imprima son impulsion à l'Ecole Toulousaine, et contribua puissamment à lui donner le caractère qu'elle conserve encore. A lui commence cette série de Médecins graves et utiles dont elle s'honore. De lui découlent comme une eau pure et vivifiante ces traditions de pratique qui ne sont point écrites dans les livres, mais qu'on retrouve vivantes et fécondes dans le sein de notre Société.

NOTES ET PREUVES.

---

1 Scevole de Sainte-Marthe (*Sammarthanus*) et le Président
de Thou (*Thuanus*) sont les deux premiers historiens de Ferrier;
l'un, dans son recueil intitulé : *Gallorum doctrinâ illustrium
qui suâ patrumque memoriâ floruêre Elogia*; l'autre, dans le
Livre quatre-vingt-neuvième de son Histoire, en parlent en termes fort élogieux.

C'est dans ces deux auteurs recommandables que les biographes
ont pris tout ce qu'ils disent de Ferrier; mais ils ont puisé à ces
sources sans discernement, sans se donner la peine de vérifier les
dates et les faits allégués, aussi ont-ils commis des erreurs gros-
sières qu'ils auraient facilement évitées avec un peu d'attention.

Oger, Auger, Ogier, Augier. On trouve le prénom de Ferrier
écrit de ces quatre manières : on aurait pu faire cesser cette
équivoque en consultant Ferrier lui-même. Dans la préface des
Advertissemens à Bodin, imprimée sous ses yeux, à Toulouse, en
1580, il dit : « Au reste, pour ce que je vois mon propre nom
» altéré par les imprimeurs, je t'ai voulu advertir, lecteur, que
» ceux qui ont premièrement imprimé à Lyon mes livres de la
» Peste et des Jugements astronomiques en français, au lieu du
» nom *Auger* ou *Augier*, ils ont mis *Oger*, à la mode des latins,
» qui écrivent Claudius et Clodius, Plautus et Plotus indifférem-
» ment, tournant *au* en *o* comme font bien nos françois. Conradus
» Gesnerus, et ses épitomateurs en leurs bibliothèques m'ont fait
» plus grand tort parlant de mes livres de *Somniis* et de *Diebus*
» *decretoriis*, auxquels ils ont changé mon nom, écrivant *Augus-*
» *tini Ferrerii* au lieu d'*Augerii*, en quoi est facile à voir qu'ils
» n'ont pas leu les livres de leur rolle, etc. » Ferrier optait pour
Augier, car c'est ainsi qu'il l'écrit sur la première page du livre
dont je tire cette note.

2 Ce n'est pas à Montauban, comme le dit la Biographie Toulousaine, mais à Montpellier que Ferrier prit ses degrés en 1540, sous Jean Schyron. (Astruc, Histoire de la Faculté de Médecine de Montpellier, liv. v, pag. 350.)

3 Astruc, le premier, a donné cours à cette erreur dans son Histoire de la Faculté de Montpellier. C'est en 1540 que Ferrier prit le bonnet de Docteur; Catherine ne devint Reine qu'en 1547, et c'est en 1549 seulement qu'elle retint Ferrier pour son Médecin, après qu'elle eut accepté la dédicace de son livre sur les Nativités. Dans la préface qui est en tête de cet ouvrage, Ferrier n'eût pas manqué de se parer du titre de Médecin de la Reine, s'il l'eût déjà possédé; il s'adresse seulement à sa Souveraine comme un homme « qui toutes ses méditations, estudes et labeurs, humblement destine au service de Sa Majesté. »

4 *Cette mixtion* était un singulier mélange de substances actives et de substances inertes, dont les effets ne pouvaient être que *miraculeux*, si l'on considère la quantité d'ingrédients qui la composaient. En voici la formule :

Thériaque excellente, trois onces;

Racine de tormentille,
Baies de genévrier,   } de chaque une drachme et demie;
Chardon bénit,

Bol d'Arménie préparé, demi-once;

Electuaire *de gemmis*,
Electuaire *diamargariton frigidum*, } de chacun 2 scrupules;

Semence d'oseille,
Raclures d'ivoire,   } de chaque une drachme.
Raclures de corail rouge,

Mêlez avec le sirop des écorces (amères) et un jus de citron, et faites un électuaire de la consistance des opiats. — A prendre tous les matins un bol de la grosseur d'une noisette, avec de l'eau de rose, la tisane d'oseille, de chicorée, de chardon bénit, etc., etc.

Ferrier, qui se montra plus tard fort réservé dans l'emploi des remèdes, les conseillait à profusion contre la peste; il est vrai qu'il ne comptait guère que sur leur effet préservatif, et que pour une maladie que personne ne savait guérir il n'était pas trop de toute la pharmacie.

5 *Remèdes préserratifs et curatifs de peste*, nouvellement composés par maître Oger Ferrier, Médecin natif de Tolose ; imprimé
à Toulouse par Guion Bodeville, et à Lyon par Jean de Tournes
en 1548 ; in-16, 93 pages. Très-rare aujourd'hui.

La bibliothèque de Toulouse ne possède pas ce petit livre.
L'exemplaire que j'ai consulté appartient à mon excellent ami
M. le Docteur Amédée de Clausade.

6 Qui in civitate sunt, dit Ezéchiel, fame et peste devorabun-
tur, et salvabuntur qui fugerint ex ea. Cap. vii.

Hæc tria tabificam tollunt adverbia pestem :
Mox, longè, tardè, cede, recede, redi.

Cede citò, loginquus abi, serusque reverte.

Trois mots contre la peste ont plus d'effet que l'art ;
S'enfuir *vite,* aller *loin,* et revenir *bien tard.*

Les Italiens appellent cela les pilules aux trois adverbes ; ils
les conseillent de préférence à tous les autres remèdes.

(Papon, *de la Peste,* t. **2**, p. **17.**)

7 *Des Jugements astronomiques sur les nativités,* par Oger
Ferrier, Médecin natif de Tolouze ; petit in-8.º de 220 pages,
imprimé en *italiques* par Jean de Tournes, à Lyon, 1550.......
« Les imprimeurs, iterans et reiterans souvent l'impression, n'en
pouvoyent tenir assez pour les demandeurs. Encore avons-nous
témoings qui ont veu lire publiquement ledit livre dans Paris. »
(Ferrier, Avertiss. à Bodin, p. 12.) La préface qui précède ce livre
est fort habilement tournée.

8 Liber *de Somniis,* imprimé à Leyde en 1549, réimprimé plusieurs fois ; 27 pages petit in-8.º, précédé d'une préface et suivi
des traités d'Hippocrate, de Galien, et de Synesius, de *Somniis,*
ou *Insomniis,* qu'il ne faut pas traduire par *insomnies* comme
l'ont fait les auteurs de la Biographie toulousaine.

9 Liber de *Diebus decretoriis secundùm Pythagoricam doctrinam et Astronomicam observationem.* Leyde, 1541-1549, plusieurs fois imprimé, 60 pages petit in-8.º

L'édition que j'ai entre les mains, Genève 1602, porte ce double distique

Ad Lectorem :

Euphorbus, Mulier, Gallus, fortassè Cicada
Extiterat quondam mens bona Pythagoræ :
Hæc si vera putas, Lector, fateare necesse est
Nunc in Ferrerio vivere Pythagoram.

Qu'ajouter à un pareil éloge ?

10 *De Pudendagrá*, lue *Hispanicá* libri duo. Tolosæ, 1553, in-12 ; Antuerpiæ, 1564, in-8.° ; Parisiis, 1564, in-8.°. Cet ouvrage, souvent réimprimé, se trouve encore dans le recueil des auteurs qui ont traité de la maladie vénérienne, par Jourdain Zilettus. Venise, 1566. Astruc en donne une longue analyse dans son Traité des maladies vénériennes.

11 *Vera methodus medendi duobus libris comprehensa*, in-8.° Tolosæ, 1557, apud Petrum Dupuy. Lugduni, 1574. Genevæ, 1602. —*Castigationes practicæ medicinæ ejusdem*, imprimées à la suite de la méthode.

La méthode devait être précédée d'un traité sur le diagnostic des maladies, cela semble résulter du passage suivant : « Totò » autem curare non poterit, en parlant du Médecin, nisi univer- » salem quamdam methodum sibi comparaverit, per quam et mor- » bos cognoscere et ad justam remediorum inventionem pervenire » possit. *Quæ autem,* illa sit quæ ad morborum dignotionem, nos » ducat, *alibi dictum est :* quæ curationem præstet ea omninò » est quam hoc loco docere statuimus. » (Ferrier, Meth. de officio in fine, p. 16.) Il ne faudrait dès lors regarder la méthode que comme une partie d'un grand ouvrage que Ferrier se proposait sans doute de publier, mais qui n'est point arrivé jusqu'à nous.

En regard du premier chapitre de l'édition de Genève, on lit les vers suivants de Corvinus Malezius :

Multis nominibus dives, fælixque Tolosa,
Creditur, auspiciis juris, sanctoque Senatu,
Et Cerere, et Baccho, glasto, rapidoque Garumna.
Ditior ipsa tamen, medico censebitur uno
Qui vitam patriæ vivens, moriensque relinquet,
Nec patietur eam immortali laude carere.

Fælix illa quidem , Musisque et Apolline digna ,
Quæ fovet in gremio genitum de Pallade partum
Ferrerium medicum , nulli probitate secundum ,
Præstantem ingenio, doctrinâ atque arte medendi.

12 *De radice chinæ* liber, quo probatur diversam esse ab *apio.*
Tolosæ , 1554 , in-8.°

Cette dissertation de quelques pages , où l'auteur établit la diffé-
rence qui existe entre la racine de *Squine* (smilax china), et une
autre racine tubéreuse nommée *Apios* (Euphorbia apios de Linné?)
douée de propriétés bien différentes , est reproduite dans le chapitre 3 de ses *Castigationes.*

13 Ferrier cultiva la poésie avec succès. On a de lui :
*Henrici II Galliarum regis christianissimi epitaphia; —Julii
Cæsaris Scaligeri Funus; — Mellini Sangelasii Epicedium ,*
réunis en un volume , imprimé à Paris en 1559. Ce recueil ne se
trouve point dans les bibliothèques de Toulouse ; je l'indique
d'après Vauprivas.

En 1559 , il composa pour l'Histoire de Noguier l'éloge de
Toulouse , morceau intéressant pour nous autres Toulousains.
Le voici en son entier :

Urbs antiqua , potens armis , et milite præstans,
Legibus illustris, primaque ab origine mundi
Condita , per medium rapidis labentibus undis
Fertilitate soli cunctas supereminet urbes.
Ingeniis verò doctas excellit Athenas
Et cum romana certat gravitate modumque
Imponit numeris , dulcesque imitatur avenas
Quod nova posteritas longo contraxit ab ævo.
Testis Palladium nomen quod tempore prisco
Impositum meruit festivo epigrammate laudem
Et partem historiæ, memorandaque carmina vatum
Cum de Castalio potarent fonte Latini.
Sed modo barbaries totum compleverat orbem
Ipsaque cum Musis latitabat mœsta Tolosa
Donec productâ Ciceronis imagine, voces,
Doctrinam , eloquium, velut ante , referre liceret.
Nam simul accessit constans prudentia juris
Quâ tot doctores viguerunt ordine clari
Boyssonæus avus, meliore nepote relicto,

Ferrerius præses, *Corasus* et altera turba
Quæ sequitur morem et numeros virtutis avitæ.
Ipsaque de longis regionibus inclita fama
Gasconum adduxit Rhodium, Ciceronis alumnum;
Et de finitimis *Terlonum* voce disertà
Mulcentem doctas armatæ Palladis aures.
Quid memorem electos cives? sanctumque senatum
In quo *Fabritii Pauli*que forensia reddunt
Jura, relegatis corruptæ legis acervis?
His *Malrasus* adest probitate insignis et arte,
Et qui jura tenet *Daffis* virtutis amator.
Tu quoque qui primas, ô *Mansencalle*, gubernas
Doctrinâ et virtute potens, nullisque tacende
Gentibus, illustras sanctum moderamine cœtum.
Hoc tibi debetur, fruitur quod pace Tolosa :
Hoc capitolinis, quod teque, tuosque legemus
Urbis in historia, quam proxima pagina monstrat.

(Tolosates qui palmam nostro ævo reportârunt.)

Primus in Europa civilia jura latine
Boissonus docuit, potuitque inducere morem
Miscendi sacras leges, sophiamque perennem.
Primas obtinuère duo gravitate docentes,
Ferrerius modo præses, *Corasus*que senator,
Ambo comparibus studiis et tempore eodem
Inter tot celebres dicti duo lumina terræ,
Quod doctè, ornatè, distinctè jura docerent.
Unus *Bunellus* factus Ciceronis imago
Præripuit laudem latio, vicitque loquendo.
Picturâ *Nalotus* erat præstantior omni
Artifice, illustres qua redderet arte colores.
Mechanicis vincunt fratres de nomine *Manssi*
Perpetuasque rotas, immensaque pondera librant
Ad placitum parvi pendentis in aere fili.
Vinitor abstrusæ callens secreta Minervæ
Non habet æqualem, seu gemmas, vitra, metalla,
Igne sequestratos succos, seu mystica quæras
Balsama, seu specula, aut croptoriapharmaca, philtra,
Quæ facit, et caussas et jura forensia tractat.
Bernuus ingenio et rebus mirabilis orbi est,
Hunc primum agnoscunt quicunque negotia tractant
Finibus in patriis, medioque in gurgite ponti,

Europamque ultra atque Asiam : premit herculis undam,
Atque novos orbes dives sua fama peragrat.
Hos genuit dignos mundi splendore Tolosa.
Deficiunt tantum præstantes arte medendi,
Quique mathematicis excellant, quique poesi.
Cedimus his aliis, *nisi fortè vocatur ad ista*
FERRERIUS medicus vigili modo pallade gaudens.
Sed cur prætereo *Bertrandum* regis alumnum
Qui meruit summâ Astrææ statione locari?
Hoc virtutis opus, non inficianda Tolosæ
Gloria, supremis gradibus consistere tutum,
Quod facit, et patriam digno compensat honore.

En 1564, lors de l'entrée à Toulouse de Charles IX et de la
Reine mère Catherine de Médicis, l'on éleva des arcs de triomphe
sur plusieurs points de la ville. A la porte de Pouzonville l'on
avait peint l'amphithéâtre, le capitole, et un lac qui en baignait
le pied, où étaient de grandes pièces de bois dorées. C'était le
fameux lac de Toulouse et le trésor sacré que Cépion enleva.

Ferrier avait composé les vers latins que l'on lisait dans les
festons qui ornaient cette représentation. La fin misérable du Pro-
consul romain maudit des dieux pour ne pas avoir respecté leur
trésor, était une leçon indirecte aux gens de cour, toujours prêts
à faire payer leur bienvenue aux peuples que le roi daignait
visiter. (Annales de Toulouse.)

14 ...Quid tibi dicam de accuratissimis, lectissimisque Augerii
Ferrerii commentariis? Is enim non solùm præterita judicia com-
plevit omnia, sed animos quoque præsentes explevit omnes. Spem
aliis in futurum scribendi ademit omnem. (Jules Scaliger, *Exer-
citatio ad Cardanum*, 161, p. 424.)

15 Si l'on pouvait ajouter foi à un livre supprimé et condamné
au feu comme *diffamatoire*, par arrêt du conseil privé du 18 juin
1563, le nom de Ferrier se serait trouvé inscrit sur une liste
d'huguenots lors de l'insurrection de 1562. Il fut d'ailleurs, au
dire du sieur Bosquet, auteur du livre dont je parle, reconnu
pour catholique.

16 Dans le quatrième livre de la République, au chapitre 2, intitulé : *S'il y a moyen de savoir les changements et ruines des*

républiques à l'avenir, Bodin, après avoir trouvé mal fondé
l'horoscope de Rome que Marc Varon fit tirer, au dire de Plu-
tarque, par Taruntius Firmianus, ajoute : « Ce qui seroit excusa-
ble, si cela s'étoit fait par oubliance, comme il est advenu à Oger
Ferrier, excellent iatro-mathématicien, lequel, au livre des Jugements astronomiques, a mis *Vénus* et *Mercure* opposites et l'un et
l'autre au *Soleil*, chose incompatible par nature, car lui-même est
d'accord que *Mercure* ne s'éloigne jamais de 36 degrés du soleil. »

Cette inculpation fut le prétexte des récriminations que Ferrier
consigna dans ses Advertissements à Bodin, sur le quatrième livre
de sa République et sur la loi *Domus* : « J'ai été fort ayse de voir
votre police, dit-il, et discourant par ycelle je me suis assouvy
des plus belles fleurs, *entre lesquelles j'ay rencontré une épine
qui m'a piqué au doigt.* » Mais le véritable motif qui lui fit prendre la plume, celui dont ne parlent point les biographes, c'est
bien certainement celui que j'ai indiqué ; j'en ai pour preuve Ferrier lui-même : « Je vous ay lu, continue-t-il, s'adressant toujours
à Bodin, tant pour la volupté et plaisir que je prens en telles
matières que pour me résoudre avec vous de certains points es-
quels votre République et la *mienne* pourroient estre quelques
jours en différent. Je mentionne icy ma République, parce que
je *traite le même argument*, lequel seroit déjà achevé et mis à
lumière si les guerres civiles qui sans relâche nous travaillent icy
et ne nous permettent d'avoir aucune paix ne m'eussent destourné
et diverty de si bonne œuvre. »

Si j'insiste pour bien fixer la cause de la querelle qui troubla
les dernières années de Ferrier, c'est parce que les historiens, à
partir de Sainte-Marthe jusqu'aux auteurs de la Biographie toulousaine, ont tous erré à cet endroit de sa vie. Aucun ne fait
mention de cette *République* qui a dû être cependant l'œuvre capitale de Ferrier ; à la vérité, il ne l'a point publiée, mais il en
avait communiqué plusieurs morceaux à ses amis. En 1564, il
avait écrit au chancelier de l'Hospital une épître latine discourant
des changements des républiques, qui n'en était probablement
qu'un chapitre (advertiss., p. 16). On en trouve aussi des frag-
ments dans le recueil des *Arrêts notables* du parlement de Toulouse, par messire *Bernard de Laroche Flavin*, qui doivent
trouver place ici : Ferrier s'y montre médecin légiste ou politique comme on le disait alors.

Dans le premier de ces morceaux, il s'agit des *Loups-garoux*, que l'on condamnait ordinairement au feu. Notre Médecin Toulousain, c'est ainsi que Laroche Flavin désigne Ferrier..... « En la République non imprimée, mais qu'il m'a communiquée, fait récit d'un pauvre rustique naturellement enclin à cette humeur mélancolique, lequel par la famine qu'il enduroit et voyoit endurer à sa famille perdit le sens, et se persuada que devenant loup, par sa chasse et capture feroit bonne chère avec ses gens; pour auquel mieux se transmuer et ressembler il se vêtit d'une peau de loup, et cheminoit devant les hommes, à quatre pattes; et ainsi étant devenu loup par fantaisie, se mit à hurler, courir les champs, et gâter les passants, principalement les petits enfants qui ne pouvoient faire résistance. Il les mordoit, étrangloit et mangeoit, et en faisoit part à ses gens. Ayant continué ce métier quelques années, il fut découvert et trouvé homme, non loup: étant visité et rapporté des médecins qu'il étoit parfaitement fol mélancolique, fut seulement condamné à tenir prison jusqu'après s'être remis. » Ferrier dit pour motiver ce jugement : «Quæ ratio furiosos palàm sævientes excusat, eadem melancholicis, feritate humoris compulsis subvenire debet, quia non est voluntas, sed morbus qui ad talia cogit. » (Laroche Flavin, pag. 174.)

Dans le deuxième morceau, il est question des *Ladres*. Laroche Flavin s'exprime ainsi : « Un de nos médecins de Toulouse en les livres de la République non encore imprimés, écrit estre advenu que certains jeunes hommes nés dans l'hospital des ladres étant visités furent trouvés sains et nets; ce nonobstant on les vouloit contraindre de se rendre à la maladrerie, de porter le bois de trois langues (c'est l'espèce de claquette avec laquelle les lépreux étaient obligés de faire du bruit pour éloigner les gens de sur leur route). Interrogés de leur naissance et de leurs pères et mères, ils confesserent franchement qu'ils étoient tous nés dans ledit hospital. L'un de ceux-là s'étoit marié avec une belle et jeune fille tirée d'une autre maladrerie, les parents de laquelle avoient été engendrés et nourris au même hospital, qui toutefois étoient sains et de si bonne habitude, qu'on pourroit dire des autres non suspects. Sur laquelle difficulté les médecins consultés, l'auteur (Ferrier) rapporte la conclusion avoir été ou que leurs prédécesseurs entrant aux dits hospitaux n'étoient point ladres, ou bien qu'en la troisième ou quatrième génération, ladite maladie, comme les

autres héréditaires , auroit pris fin , attestant n'avoir jamais vu
génération d'un ladre confirmé , à cause de quoi fut jugé iceux ne
devoir être remis es dites maladreries , et par même raison les
loix faites contre les ladres , soit pour séparation de mariages ou
autrement , ne devoir avoir lieu contre telle manière de personnes.
qu'estant visités ne sont trouvés ladres. » (Ouvr. cité , tit. LX ,
arr. 1, p. 538.)

Dans un autre endroit , Ferrier s'exprime en ces termes sur
l'Épreuve du Sang que l'on faisait subir aux prévenus de meurtre :
« Nugantur, dit-il en sa République non imprimée , qui spiritus
quosdam naturales manare putant ex cadaveribus , vindices sce-
leris et cædis : quasi ex mortuo supersit materiale quidpiam , vim
habens agendi atque designandi hostem. Quod, quid aliud est,
quàm extincto animali addere sensum, rationem et intellectum ?
plausibiliter videri poterat eorum opinio, qui interfectorum animas
mortuis corporibus extrinsecùs hærere tradiderunt, quod multi ad
genios referri malunt. Nos qui curiosam veritatis indaginem profite-
mur, multis experimentis confirmati, fortuitos hos omnes eventus
judicamus, haud absimiles his, qui febribus extincti, sanguinem
ex naribus, ore et auribus emittunt. » (Loco cit. tit. LIII , arr. IV.)

Enfin, dans un autre chapitre où il s'agit de savoir si les Médecins peuvent, sans manquer aux lois civiles et canoniques,
traiter les maladies par des *charmes* et des *caracthères*, Laroche
Flavin s'appuie sur la doctrine de Ferrier, émise dans sa République non encore imprimée (et auparavant dans le ch. XI du 2.ᵉ
livre de son *Vera medendi Methodus*), lequel, après avoir fait
remarquer que chaque jour l'on voit guérisons advenir par tels
moyens, « dit la cause bien recherchée ne pouvoir être autre que
la force de l'imagination et persuasion de pouvoir faire ce qu'on
a entrepris, à laquelle faut ajouter l'esprit du patient, croyant
et consentant, à tout le moins non résistant : car autrement l'agent
sera frustré si le patient résiste ; comme qui voudroit faire attirer
le festu à l'ambre ou le fer à l'aimant, ne se pourroit faire sans
les approches et consentement mutuel des sujets. Retenez le festu,
retenez le fer, l'attraction ne se pourra faire. C'est aussi pourquoi
en toutes personnes les paroles et characthères ne peuvent être ef-
fectués : ce qui se voit aux incantations des douleurs de dents ; si
le patient croit que par tels moyens il puisse guérir, la douleur
cessera ; s'il n'en croit rien ou qu'alentour de lui soient gens qui

s'en mocquent , l'opérateur n'avancera rien et s'en retournera confus et sans rien faire. » (Loco cit. , t. vii, arr. 1 , p. 236.)

N'est-il pas bien à regretter , pour la gloire de Ferrier , qu'un livre écrit dans un pareil esprit se soit perdu ?

17 *Advertissemens à M. Jean Bodin , sur le quatrième livre de sa République, par M. Augier Ferrier, Docteur Médecin , Seigneur de Castillon, Tolosain.*

Autres Advertissemens dudit Ferrier sur la loi *Domus D. de Legat.* Toulouse, 1583 ; Colomiez frères, imprimeurs. In-8.º, 84 pages, caractères *italiques.* Paris, 1580, chez Pierre Canellat.

Ces Avertissements sont dédiés au premier Président et au Parlement de Toulouse :

> Præsidis auspiciis , sanctique favore Senatûs,
> Prodeat in lucem Gallicus iste liber
> Si tibi gratus erit , si te , justissime Daffis ,
> Nostra juvant, aliis posse placere puto.

Ferrier prend ici le titre de *Seigneur de Castillon ;* je n'ai pu découvrir comment lui était venu cet honneur.

Les Avertissemens sur la loi *Domus* sont motivés par une discussion qui s'était élevée entre Cujas et Bodin , sur la question de savoir si Papinien avait suivi dans ses Commentaires sur cette loi le véritable texte de Vitruve. Ferrier se rangea dans cette querelle du côté des adversaires de Bodin. Il prétendait qu'au lieu d'écrire *deductis ætatibus* en parlant des murailles , il aurait dû dire , *deductis statibus.* Ce qui était plus conforme à la nature de la chose dont il est traité dans cette loi. — Voilà le prétexte de la querelle.

L'exemplaire que possède la bibliothèque de Toulouse , sous le n.º 4289 , porte une suscription écrite probablement de la main de Ferrier. On lit au haut de la page : « A Francus »; et au bas : « Hunc tibi Franco dat Ferrerius Author. »

18 Je n'ai pu trouver la date précise de la mort de Ferrier. Les registres mortuaires pour cette année manquent aux archives de l'état civil. Je la rapporte à la fin de décembre 1588 , parce que Sainte-Marthe dit formellement « qu'il sortit de *ce monde* peu de jours auparavant que la Reine mère sa bonne maîtresse en sortît elle-même. » Or, Catherine de Médicis mourut à Blois, le 5 janvier

1589. De Thou le fait mourir à la fin d'octobre. — La donnée de Sainte-Marthe me semble plus précise et je l'adopte.

19 Le portrait d'Augier Ferrier ornait un des angles de la salle d'assemblée de l'ancienne Faculté de médecine, comme étant une de ses colonnes. Les autres coins de la salle étaient occupés par les portraits de Loup, de Sébonde et de Sanchez. — (Almanach historique de la province de Languedoc, 1790.)

Le portrait de Ferrier est encore dans la galerie de notre Ecole de médecine. On y lit au-dessous : « Augerus Ferrier, antecessor regius in saluberrimâ facultate academiæ Tolosanæ nominatus sine disputatione propter meritum et Supremæ Curiæ votum, die 24 septembris anno 1581, defunctus anno 1588. »

On lit au-dessous du buste de Ferrier, à la salle des Illustres du Capitole :

Augerius DUFERRIER ; ætatis suæ medicorum facilè princeps, vel judicio Julii Cæsaris Scaligeri in politica doctrina, Joanni *Badino*, adversùs quem scripsit, formidabilis : In astronomicis judiciis, de quibus librum edidit, penè divinus; nemo enim rerum eventus illo apertiùs prænovit, quod miserè expertus est *Henri. IV.* cui diem ultimium prædixerat multò antequàm è medio tolleretur. O nefandum Galliæ tunc fatum, immobile, et non semper infidæ artis credule præjudicium !

Lafaille fut mal inspiré quand il composa cet éloge; comment? Ferrier qui mourut en 1588, et qui depuis un demi-siècle ne tirait plus d'horoscopes, parce qu'il reconnaissait l'*inanité de la judiciaire*, aurait pourtant prédit à Henri IV que le poignard de Ravaillac devait le frapper le 14 mai 1610? — Et comme si ce n'était pas assez de cette défectuosité native, les *maçons* qui ont présidé à la restauration du Capitole, je ne parle pas de la dernière, ont pris à tâche de défigurer encore cette malencontreuse inscription ; ils ont débaptisé l'homme illustre en le nommant *Duferrier ;* ils ont aussi travesti le nom de son grand adversaire en l'appelant *Badin.*

Pour notre honneur, il faut que ce texte soit réformé.

TOULOUSE, IMPRIMERIE DE JEAN-MATTHIEU DOULADOURE.

www.ingramcontent.com/pod-product-compliance
Lightning Source LLC
Chambersburg PA
CBHW072300210626
46818CB00017B/1928